## PETITE BIBLIOTHÈQUE DE L'ENFANCE

# LE PETIT CRÉOLE

### PAR

### Mᵐᵉ W. DE CONINCK

## PARIS

### J. BONHOURE ET Cⁱᵉ, ÉDITEURS

48, RUE DE LILLE, 48

—

### 1876

Nᵒ 4.

# LE

# PETIT CRÉOLE

IMPRIMERIE D. BARDIN, A SAINT-GERMAIN.

# LE
# PETIT CRÉOLE

PAR

Mme W. DE CONINCK

<table>
<tr><td>PARIS<br>J. BONHOURE ET Cⁱᵉ, ÉDITEURS<br>48, RUE DE LILLE, 48</td><td>LAUSANNE<br>H. MIGNOT, ÉDITEUR<br>7, PRÉ-DU-MARCHÉ, 7</td></tr>
</table>

1876

# LE

# PETIT CRÉOLE

---

Le petit Léon était né dans l'Amérique du sud. Ses parents étaient d'anciens colons français. Dans ces pays-là, on est servi par des nègres esclaves. On vend et achète ces pauvres nègres comme s'ils étaient une marchandise; on les bat; on les empêche de s'instruire, de se marier et de rien posséder à eux. Tout cela nous paraît bien dur et bien injuste, à nous, qui savons qu'ils sont des créatures de Dieu et qu'ils ont une âme comme la nôtre; mais les enfants qui sont nés dans ces contrées trouvent cela tout naturel. Ils ne voient pas pourquoi on ne battrait pas un nègre aussi bien qu'un chien ou un cheval, et ne les considèrent nullement comme leur prochain.

C'était ainsi que pensait Léon. Il était fort gâté, car il était fils unique, et il avait un père très-occupé et une mère toujours malade. Ses domestiques nègres obéissaient à son moindre signe; aussi devenait-il tous les jours plus méchant et plus tyrannique envers eux.

Un jour, une perruche qu'il aimait beaucoup s'envola dans le jardin et se percha sur un arbre très-élevé. Aussitôt Léon mit tous les domestiques en mouvement pour la rattraper. Un jeune nègre qui était plus particulièrement à son service grimpa sur l'arbre; au risque de se rompre le cou, et, avec une peine infinie, il réussit à s'emparer de l'oiseau. Descendre de l'arbre en le tenant dans sa main était encore plus difficile : une branche manqua sous son pied ; heureusement, il put se jeter contre le tronc de l'arbre et se laisser glisser jusqu'à terre. Hélas ! la secousse, la frayeur lui avaient fait serrer la perruche trop fort et, lorsqu'il voulut la remettre à Léon, la pauvre bête était morte étouffée. La fureur du petit créole fut effrayante à voir. Il écumait, il était violet. Il chercha des yeux une arme pour frapper le malheureux noir et, ne trouvant qu'un lourd pot à fleurs, il le lança à la tête de l'esclave. Celui-ci tomba sous le coup; le vase, en se cassant contre sa tête, lui avait fait une affreuse blessure et on craignit un instant pour sa vie.

M. Arneau, le père de Léon, avait été témoin de cette scène. Il fit de vifs reproches à son fils, l'envoya dans sa chambre et se rendit auprès de sa femme.

— Ma chère amie, lui dit-il, il y a longtemps que je désire te parler au sujet de Léon, de son caractère, de son avenir. Jusqu'à présent, j'ai hésité à te communiquer la résolution que j'ai prise à son égard, sachant qu'elle te ferait beaucoup de peine. mais ce que je viens de voir a dissipé toutes mes incertitudes ; notre fils se perdrait s'il restait plus longtemps ici.

Alors, il raconta à Mme Arneau la scène dont il venait d'être témoin et finit en lui disant qu'il allait envoyer Léon faire son éducation en Europe.

La pauvre mère pleura beaucoup à l'idée de cette longue séparation, cependant elle finit par en comprendre la nécessité.

Léon savait à peine lire et écrire, il ne voulait s'appliquer à rien et serait devenu un vrai sauvage en restant dans la plantation isolée que son père faisait valoir.

M. Arneau ayant appris qu'un de ses amis allait bientôt partir pour la France, résolut de lui confier Léon. La mère supplia qu'on permit à une vieille négresse, sa nourrice, de l'accompagner, mais le père fut inflexible. Après bien des larmes, Léon fut conduit à bord du bateau à vapeur qui devait l'emmener si loin, et laissé seul, à la garde d'un monsieur qu'il n'avait jamais vu auparavant, et qui ne paraissait pas disposé à s'occuper beaucoup de lui.

Les premiers jours, il eut le mal de mer et se sentit si malheureux qu'il priait le domestique de le jeter par dessus le bord; mais peu à peu il se rétablit et reprit courage. Un jour, il s'habilla tant bien que mal, car il n'avait pas l'habitude de le faire seul, et monta sur le pont. Il se promena à droite et à gauche et fut fort étonné de voir que sa présence ne produisait aucun effet et que personne ne faisait attention à lui. Chez ses parents, il était habitué à être sans cesse entouré, adulé, à voir le monde voler au-devant de ses moindres désirs; aussi cette indifférence le mortifia cruellement. Il aperçut enfin son protecteur, M. X..., qui causait avec les officiers du bord, et alla le tirer par la manche.

— Ah! te voilà, petit, dit M. X... Je suis bien aise de te voir rétabli. Mais ta place n'est pas ici; viens, que je te conduise près des autres enfants. Tâche de t'en faire des amis, et amuse-toi bien avec eux.

Il y avait beaucoup d'enfants à bord du bateau. On leur avait même réservé une salle. C'est là que M. X... mena Léon. Il le présenta à un ou deux garçons qu'il connaissait, puis il se retira. Les enfants jouaient à un jeu assez compliqué et proposèrent au nouveau venu d'y prendre part. Mais Léon, qui n'avait jamais été avec d'autres enfants de sa condition, ne savait aucun jeu. Il refusa d'un air assez peu aimable et on ne s'occupa plus de lui. Il resta quelque temps à regarder les autres jouer ; puis, comme il s'ennuyait, il s'approcha d'un petit garçon qui s'amusait avec un beau ballon colorié et lui dit :

— Donne-moi cela ! Je veux le lancer en l'air.

L'enfant le regarda d'un air étonné et lui demanda ironiquement :

— Es-tu le roi, pour parler ainsi ?

— Et encore ! dit un autre enfant, le roi dit : Nous voulons.

— Donne-moi cela, te dis-je, reprit Léon en frappant du pied. Voyant que le petit garçon se moquait de lui, et ne se disposait nullement à lui obéir, il se mit en colère et se précipita sur le ballon pour s'en emparer de force.

L'enfant crie, résiste ; un grand frère inter-
vient et repousse Léon, qui va tomber tout de
son long par terre. Alors il est pris d'une telle
rage qu'il tire de sa poche un couteau qu'on lui
a donné au moment de son départ, l'ouvre, se
relève et se met à poursuivre l'enfant pour l'en
frapper. Attiré par les cris que poussent les autres enfants, le capitaine entre, saisit le petit
forcené, lui enlève son couteau et le porte
comme un paquet sur le pont. Il le jette brusquement sur un banc où il lui ordonne de rester
jusqu'à l'heure du dîner, ajoutant que, s'il le
voit faire un mouvement, il le fera attacher par
les matelots à l'échelle de corde.

Il y avait quelque chose dans cette voix habi-
tuée à commander qui en imposa à Léon, car il
n'osa répliquer ni bouger. L'endroit où il se
trouvait était à peu près désert. Le capitaine
et quelques officiers du bord s'y promenaient
seuls. Aussi ne tarda-t-il pas à trouver le temps
long et à s'ennuyer. A chaque mouvement qu'il
faisait, il rencontrait le regard sévère du capitaine fixé sur lui et redevenait immobile. Sa seule
distraction était de suivre du regard les jeux
d'un beau jeune chien braque qui appartenait à
un officier du bord. Il était presque aussi grand

qu'un veau et d'une belle couleur fauve. Il finit
par s'approcher du petit garçon et le flaira d'un
air de méfiance. Jusque-là, Léon n'avait jamais
eu beaucoup de goût pour les animaux ; mais
dans ce moment, il s'ennuyait tellement que
toute distraction lui était précieuse. Il chercha
donc le moyen de retenir auprès de lui le chien,
ou plutôt la chienne, car il l'avait entendu nom-
mer Bell. Elle le lui fournit elle-même en flairant du côté de sa poche. Il y avait là quelques
bribes de vieux gâteaux qui servirent à établir
une grande intimité entre l'animal et le petit
garçon, et firent trouver à ce dernier le temps
moins long, jusqu'au moment où la cloche du
dîner vint le délivrer de ses arrêts.

Les jours suivants, ses rapports avec les
autres enfants restèrent très-froids. On avait
peur de lui et on l'évitait. Alors, il allait chercher Bell et faisait avec elle de bonnes parties
de jeu.

Il y avait quelques jours à peine qu'on était
en route, lorsqu'un soir on entendit un bruit
épouvantable et tout le navire parut ébranlé.
Léon était dans sa cabine, mais il n'avait pas
encore commencé à se déshabiller. M. X... entra
précipitamment et lui dit : « Vite ! vite ! suis-

moi sur le pont, un autre bateau est venu se
jeter sur le nôtre ; peut-être allons nous som-
brer ! » Dans chaque cabine, il y avait des
ceintures de sauvetage, c'est-à-dire des ceintures
en liége qui vous empêchent de couler. M. X...
prit la première qui lui tomba sous la main et la
mit à Léon. Sur le pont, un spectacle affreux
s'offrit à leurs yeux. Le choc avait fait tomber
des mâts qui avaient écrasé plusieurs personnes.
Le bâteau avait une large ouverture au flanc et
s'enfonçait peu à peu. La nuit était si noire que
c'est à peine si l'on apercevait au loin le navire
qui avait causé ce malheur. De tous côtés s'éle-
vaient des cris de douleur et d'effroi. Quelques
femmes, quelques jeunes filles restaient calmes
au milieu de cette scène de désolation. Elles
priaient et exhortaient leurs compagnes à la
résignation. Les marins s'occupaient de mettre
les chaloupes à flot ; mais hélas ! plusieurs
étaient brisées par la chute des mâts et bien peu
de personnes purent prendre place dans celles
qui restaient. Le dernier souvenir de Léon à ce
moment fut d'avoir senti le nez de Bell pousser sa
main ; puis, le navire s'enfonça, les flots se refer-
mèrent par dessus la tête de l'enfant et il lui sem-
bla que c'était longtemps, bien longtemps après,

qu'il se réveilla au fond d'un petit bateau, la tête appuyée sur le corps de Bell qui le léchait doucement. Le jour commençait à paraître, il ne vit rien autour du bateau, ni le grand steamer ni aucune autre embarcation. Il n'y avait avec lui que Bell et deux hommes, un jeune matelot français et un vieux mulâtre qui était employé au service du bateau à vapeur. Ils ramaient en silence. Lorsqu'ils virent que l'enfant avait ouvert les yeux, le mulâtre, qui s'appelait Florian, dit à l'autre : « Je t'avais bien dit, Perrin, qu'il n'était pas mort. Tu n'as pas voulu que nous sauvions les autres; il fallait bien au moins ramasser celui-là. »

— Si nous nous étions approchés de tous ces gens qui se noyaient, répondit Perrin, ils auraient vite fait chavirer notre barque, une vraie coquille de noix. Et puisque nous avions eu la prudence de mettre la main dessus, il fallait au moins qu'elle nous servît à quelque chose. Quant au petit, c'est peut-être un triste service que tu lui as rendu là. Il aurait autant valu qu'il mourût au fond de l'eau, que de mourir de faim ou de misère avec nous.

— Où m'avez-vous donc trouvé, demanda Léon, et comment se fait-il que vous ne soyez pas mouillés ? Vous n'êtes donc pas tombés dans la mer comme moi ?

— Non, dit Florian ; Perrin eut l'idée de mettre à l'eau ce petit canot ; moi, j'ai mis la main sur quelques provisions et nous nous sommes éloignés du navire, avant qu'il ne coulât. Quand j'ai entendu les cris de ces malheureux, je voulais revenir pour en sauver quelques-uns ; mais Perrin ne l'a pas permis.

— Si je l'avais fait, répliqua Perrin, nous serions tous au fond de l'eau. Ce canot n'est qu'un joujou, une périssoire qui appartenait à un des passagers. Si l'une des personnes qui se noyaient avait saisi le bord et essayé d'y entrer, elle l'aurait fait chavirer. Tu sais la peine que j'ai eue à la maintenir en équilibre pendant que tu y mettais l'enfant et le chien.

Léon s'aperçut qu'on avait attaché les pattes de Bell afin qu'elle ne pût pas bouger.

— Je n'étais donc pas au milieu des autres gens qui se noyaient, demanda-t-il.

— Non, grâce à Bell, répondit Florian. Si nous réussissons à nous sauver, c'est à elle que tu devras la vie. Soutenu par ta ceinture de sauvetage, tu flottais comme un bouchon, mais sans faire un mouvement, parce que tu avais perdu connaissance. Bell t'a saisi par tes vêtements et t'a traîné en nageant dans là direction de notre canot. J'ai déclaré à Perrin que je ne m'éloignerais pas sans sauver au moins cet enfant. Il y a consenti, mais il ne voulait pas que je prisse la pauvre chienne qui nageait toujours en nous suivant. J'ai dû me fâcher et le menacer de cesser de ramer pour qu'il me permît de le faire.

— C'était folie, dit Perrin, de nous mettre tous en danger pour un chien. D'ailleurs, nous voilà bien avancés ! Nous sommes quatre à nourrir, avec des aliments pour un jour à peine, deux bouteilles d'eau, et pas de terre, pas de navire en vue ! Nous avions d'abord espéré pouvoir gagner le bateau à vapeur qui nous avait abordés, mais la nuit était si noire que nous l'avons manqué. Heureusement que nous avons calme plat, car un coup de vent nous ferait chavirer.

— Ramons toujours courageusement, reprit Florian ; peut être finirons-nous par aborder à une terre ou par rencontrer un navire.

Toute la journée se passa ainsi. Tantôt les deux mmes ramaient, tantôt ils se reposaient, i ngeaient un petit morceau de pain et buvaient un peu d'eau. Léon souffrait de la tête. Il avait probablement reçu un coup, il était à moitié assoupi et n'avait pas faim ; il donna sa part do pain à Bell, mais but avec avidité. La chaleur était très-forte et les incommodait ; la nuit leur apporta quelque soulagement. Quand le jour parut, ils interrogèrent l'horizon avec anxiété, espérant toujours apercevoir un navire ; mais pas une voile ne se montra. Cette journée fut encore plus pénible que la précédente. Ils étaient arrivés au dernier morceau de pain, à la dernière goutte d'eau ; Léon pleurait et se lamentait, Bell gémissait tristement. Enfin, vers le soir, Perrin pousse un cri délirant. — Voyez, dit-il, voyez ! Et son doigt montre l'horizon. Florian et Léon regardent attentivement :

— Je ne vois rien, dit l'enfant ; mais les yeux du mulâtre, plus exercés, lui avaient montré une bande grise. — La terre ! s'écria-t-il.

— Oui, la terre ! une île sans doute, dit Perrin, seulement elle est encore bien loin, la nuit vient et qui sait si, dans l'obscurité, nous nous dirigerons de son côté ?

Ils se mirent à ramer énergiquement tant qu'ils purent voir la terre, puis se décidèrent à rester immobiles jusqu'au jour : d'ailleurs ils étaient accablés de fatigue et avaient grand besoin de dormir.

Léon fut le premier à s'éveiller ; il se frotta à plusieurs reprises les yeux, il croyait rêver : le bateau n'était plus qu'à quelques mètres de cette terre tant désirée ; de grands rochers, des arbres, de la verdure, étaient là à deux pas ; ce n'était plus cette mer immense et uniforme dont la vue depuis deux jours avait constamment brûlé leurs yeux. Il pousse un cri de joie, secoue les dormeurs, et ceux-ci ne sont guère moins étonnés et ravis que lui. Cependant ils comprennent qu'un courant a entraîné leur bateau et l'a amené là pendant la nuit.

En deux coups de rames, les marins firent échouer la barque sur le sable, sautèrent dehors et la tirèrent tout-à-fait à sec. Florian prit Léon et le posa à terre, tandis que Perrin détachait Bell. Mais quand il voulut la faire sortir du bateau, la pauvre bête était si engourdie et si faible qu'elle ne pouvait faire un pas. Le marin eut l'idée de la frotter avec de l'eau de mer et du sable ; bientôt elle étira ses membres et se mit à marcher, et même à courir, le nez en terre, comme si elle cherchait quelque chose.

— De l'eau ! de l'eau ! demandait Léon d'une voix dolente.

— Le fait est que si nous ne trouvons pas de source sur cette côte, dit Florian, nous sommes perdus et nos efforts n'auront fait que prolonger nos souffrances.

Ils avaient abordé devant des falaises assez élevées. La mer, en se retirant, laissait à sec une plage de sable entremêlée de rochers ; mais lorsqu'elle était pleine, elle devait venir fouetter le bas de la falaise. A cet endroit, on ne voyait pas la moindre végétation. Le soleil dardait tous ses rayons sur les pauvres naufragés et augmentait encore leur soif. Ils aperçurent un peu plus loin des arbres et de la verdure ; ils se dirigeaient de ce côté, lorsqu'ils virent Bell en sortir et accourir vers eux en se léchant le museau d'un air satisfait. — Elle a trouvé de l'eau ! s'écria Perrin avec joie ; voyez, ses pattes ont des traces de boue.

Ils oublièrent leur épuisement et coururent jusqu'au bosquet. Oh bonheur ! c'était une source abondante, formant un ruisseau qui allait se perdre dans la mer.

Lorsqu'ils se furent entièrement désaltérés, ils s'assirent sous un fouillis d'arbres, d'arbustes et de plantes grimpantes, comme il en pousse dans les pays chauds partout où il y a de l'eau, et se reposèrent avec délices.

— Dieu a été vraiment bon pour nous, dit le mulâtre ; il nous a miraculeusement protégés, car s'il avait fait le moindre vent, nous n'aurions jamais pu tenir la mer pendant deux jours, dans notre mauvais canot de rivière ; si la marée avait été dans son plein quand nous sommes arrivés, nous n'aurions pas pu aborder ; enfin, s'il ne nous avait dirigés tout près de cette source, nous serions morts. Jusqu'à présent, je n'ai pas honoré Dieu comme j'aurais dû le faire, mais j'espère qu'à l'avenir je n'oublierai pas tout ce que je lui dois.

— Croyez-vous, demanda Léon en frissonnant à cette pensée, croyez-vous que tous les gens qui étaient sur le bateau soient noyés ?

— J'espère que non, répondit Perrin. Il y avait plusieurs chaloupes du navire qui n'étaient pas coulées ; puis, l'autre bateau à vapeur est probablement venu à leur secours, bien que ne l'ayons pas vu.

A peine les tourments de la soif furent-ils apaisés, que ceux de la faim se firent sentir. Laissant Léon couché au bord du ruisseau, les deux hommes allèrent chercher des coquillages sur les rochers que les flots baignaient à marée haute. Ils en trouvèrent en assez grande abondance, en mangèrent et en apportèrent au petit garçon. C'était dur et assez dégoûtant à manger ainsi tout cru ; mais lorsqu'on a bien faim, on n'est pas difficile. Ensuite, ils tirèrent le canot auprès de la source et le cachèrent dans le feuillage ; puis ils grimpèrent sur la falaise qui, à l'endroit de la source, était coupée par une étroite vallée. Ils regardèrent ; du côté de la mer, pas une voile ; du côté de la terre, pas la moindre trace de la présence de l'homme. Près d'eux, des rochers nus et arides ; plus loin, des forêts impénétrables. Bell chassait autour d'eux et faisait lever des espèces de perdrix et des animaux ressemblant à de grands lapins ; mais, hélas ! en fait d'armes, nos naufragés n'avaient que leurs couteaux. Enfin, voyant la chienne gratter avec ardeur dans un terrier, ils l'aidèrent et eurent le bonheur de trouver trois jeunes lapins. Bell les étrangla et en dévora un, car elle mourait de faim. Perrin prit les deux autres et ils retournèrent vite au ruisseau pour préparer ce mets délicieux.

Pendant que Perrin dépouillait les animaux,

dont la peau, disait-il, pourrait leur être utile,
Florian ramassait des feuilles sèches et du bois
mort pour faire du feu ; puis, avec son couteau,
un silex et un peu de mousse bien sèche, il battit
le briquet. Ce ne fut pas sans peine qu'il réussit
à l'allumer ; mais enfin la mousse s'enflamma,
puis les feuilles, puis le bois, et un feu brillant
vint bientôt lécher les flancs du petit lapin, pen-
du au-dessus entre deux bâtons. Certes, il ne
fut pas si bien rôti que s'il l'eût été dans la cui-
sine du steamer, cependant on ne l'en trouva
pas moins excellent. Ils auraient bien mangé
le second, mais il n'était pas prudent de prodi-
guer ainsi les provisions et il fut décidé qu'on
le ferait cuire et qu'on le garderait pour le lendemain.

— Tu vas chercher du bois pour alimenter
le feu, dit Perrin à Léon. Tu as un bon couteau :
tu peux couper les branches mortes de ces
broussailles. En effet, fort heureusement pour
Léon, le capitaine, le voyant plus sage, lui
avait rendu son couteau, la veille du naufrage.
Si Perrin lui avait fait cette demande d'un ton
moins brusque, il aurait probablement trouvé
un certain plaisir à se servir de son beau couteau, mais l'idée de recevoir un ordre d'un

simple matelot le révolta, et il répondit avec hauteur qu'il n'était pas fait pour les servir.

— Et nous, reprit le marin, crois-tu que nous soyons faits pour te servir? Nous prends-tu pour des esclaves de ton père? Dis-moi un peu. Qu'est-ce qu'il leur faisait ton père à ses esclaves, quand ils refusaient de lui obéir?

— Il les faisait attacher à un arbre et on leur donnait des coups de fouet, répondit l'enfant avec fierté.

— Et toi, en as-tu fait fouetter aussi?

— Sans doute, quand ils me désobéissaient.

— Eh bien! maintenant, les rôles sont changés: c'est toi qui es notre esclave, parce que sans nous tu serais noyé. Tu es une épave que nous avons sauvée de la mer et qui, par cela même, nous appartient. Nous sommes tes maîtres aussi, parce que nous sommes les plus forts et parce que, sans nous, il te serait impossible de vivre ici. Il faut donc que tu nous obéisses; si non, tu seras traité comme tu traitais tes esclaves. Va ramasser du bois.

Léon ne répondit rien, mais ne bougea pas.

— Allons, mon garçon, sois donc raisonnable, dit Florian. Tu dois bien comprendre qu'il n'est pas juste que nous travaillions pour toi et que, toi, tu ne fasses rien pour nous aider.

L'enfant ne bougeait toujours pas.

— Veux-tu ramasser du bois? reprit Perrin avec colère.

— Non ! dit le petit entêté.

Alors le marin le saisit, le dépouilla d'une partie de ses vêtements dont il se servit pour l'attacher à un tronc d'arbre ; puis, prenant une des baguettes qui avaient servi à tenir le rôti, il lui en donna quelques coups bien appliqués. Léon hurla de douleur et de colère. Bell se précipita comme pour venir à son secours, et Florian intervenant dit à Perrin : — Assez maintenant. A l'avenir, si jamais il a encore occasion de faire battre ses nègres, il saura à quoi il les condamne. Détache-le, nous ne lui demanderons plus de travailler pour nous, mais aussi nous ne travaillerons plus pour lui. Il se tirera d'affaire comme il le pourra.

Léon humilié, furieux, se réfugia dans le fond du bateau et y resta jusqu'à ce que la faim se fit de nouveau sentir. Alors, il alla sur la plage pour chercher des coquillages. Hélas! la mer était haute et il ne put en trouver un seul. Il vit Bell occupée à dévorer un animal marin que les flots avaient rejeté, une espèce de pieuvre ou poulpe. Il avait bien entendu dire que cuit, c'était passable, mais il n'avait aucun moyen de faire du feu, et cru, c'était si dégoûtant, qu'il n'aurait jamais eu le courage d'y toucher. Il poussa un soupir en pensant au bon petit lapin rôti et revint près de la source.

Il aperçut de loin les deux hommes qui avaient allumé un bon feu et étaient en train de dépecer une tortue. Ils causaient gaiement et paraissaient l'avoir oublié. Le soir était venu, il se coucha dans la barque et s'endormit. Il dormit longtemps et profondément, car il était très-fatigué. Lorsqu'il s'éveilla, il jeta les yeux du côté où il avait vu Perrin et Florian s'installer pour la nuit et ne vit rien bouger. Il se leva, regarda de tous les côtés et son cœur se serra à l'idée qu'ils l'avaient abandonné, qu'il allait se trouver seul dans ce désert. Cependant, quelques heures auparavant, il était bien décidé à fuir ces hommes, à n'avoir plus rien de commun avec eux. Pourquoi donc à présent se sentait-il si malheureux? Bell lui restait, sa fidèle Bell qui, le voyant pleurer, lui mit ses larges pattes sur les épaules et lui lécha affectueusement la figure. Il s'approcha du

foyer, qui flambait si bien la veille, et vit
avec bonheur qu'il y avait encore de la braise
rouge. Il ne se fit pas prier alors pour ramasser
des broussailles sèches et ranimer le feu. Il
aperçut près de là la carapace de la tortue, et,
l'ayant retournée, il vit dessous un bon morceau
de la chair cuite et proprement enveloppée dans
des feuilles. Etait-ce pour lui que les hommes
l'avaient mise là, ou était-ce une preuve qu'ils
allaient revenir? Voilà ce qu'il se demanda ; en
attendant, il n'osa pas toucher à la viande et
la remit soigneusement à sa place. Il appela
Bell et se rendit sur la plage. La mer était basse
et il voulait en profiter pour recueillir des coquillages. Les meilleurs étaient des espèces
d'huîtres, fortement attachées aux rochers. La
veille, Florian lui en avait donné plusieurs. Il
les avait détachées du roc et ouvertes pour lui.
Lorsqu'il voulut faire cela lui-même, il ne put
y réussir. Il ne parvint qu'à ébrécher son couteau. Il fut donc obligé de se contenter de co-
quilles beaucoup plus petites, qui se tenaient
dans le sable. Elles auraient été bonnes s'il les
avait fait cuire, mais il n'en eut pas l'idée et,
telles qu'elles étaient, il les trouva coriaces et
ayant le goût de vase. Bell s'amusait à attra-

per des crabes qu'elle mangeait. Léon essaya
d'en prendre un assez gros; il ne réussit qu'à se
faire fortement pincer et rejeta la bête avec
colère. Il erra longtemps à droite et à gauche.
Cette solitude, ce silence, qu'interrompaient
seulement les cris des oiseaux de mer et le cla-
pottement des vagues, finirent par l'oppresser
cruellement.

Il revint à la source où il espérait vaguement
retrouver Perrin et Florian, car il ne pouvait
croire qu'ils l'eussent ainsi abandonné. Ils n'y
étaient pas. Poussé par la faim, il mangea le
morceau de tortue. Lorsqu'il voulut prendre une
des bouteilles qu'ils avaient sur le bateau et qui
leur servait à puiser de l'eau dans la source, il
s'aperçut qu'elles n'étaient plus là. Les deux
hommes les avaient emportées. Cela lui parut
une preuve qu'ils ne comptaient plus revenir;
aussi, saisi d'un profond effroi à l'idée de son
isolement et de son incapacité à pouvoir se tirer
d'affaire tout seul, il se mit à sangloter de tout
son cœur. Vainement Bell essaya de le consoler
en le caressant, il était insensible à tout. Ah !
comme il se reprochait maintenant son fol or-
gueil ! Comme il sentait à quel point sa conduite
avait été coupable ! Car enfin, ces hommes ne

lui devaient rien, et cependant ils l'avaient sauvé de la mort, ils avaient partagé avec lui leur dernière bouchée de pain, leur dernière goutte d'eau. Ils l'avaient soigné, ils avaient été bons pour lui à leur manière; et lui! il avait refusé de leur rendre le plus léger service ; il n'avait pas voulu reconnaître en eux ses égaux. Il méritait d'être abandonné par eux; mais qu'allait-il devenir? Oh ! si seulement ils revenaient, comme il leur demanderait pardon, comme il s'empresserait de faire tout ce qu'ils lui diraient !

La journée lui parut d'une longueur démesurée. Lorsque la nuit vint, il voulut se réfugier dans le bateau où il se sentait plus en sûreté; mais Bell qui le précédait poussa un grognement menaçant. Léon, effrayé, retira son pied qui était déjà sur le bord, et au même instant un assez gros serpent, qui était au fond de la barque, se déroula, siffla et voulut s'enfuir. Bell lui sauta dessus, le saisit près de la tête et le secoua si fort qu'elle lui cassa l'épine dorsale. Celui-là était mort, mais le pauvre Léon n'était pas rassuré, car il pouvait y en avoir d'autres. Il examina tous les coins du bateau, frappa avec un bâton tout autour pour faire fuir ceux qui auraient pu s'y trouver encore et finit par se coucher. Le chagrin et la frayeur le tinrent longtemps éveillé; mais enfin il s'endormit profondément. Lorsque la chaleur du soleil l'éveilla, il crut que toute cette triste journée de la veille n'était qu'un mauvais rêve, car en regardant du côté du foyer, il vit Florian et Perrin, tranquillement, occupés à faire cuire quelque chose. La vue du serpent mort étendu près du bateau lui prouva qu'il n'avait pas rêvé. Il se leva précipitamment, courut vers Florian et lui jetant ses bras autour du cou, s'écria :

— Oh! ne me quittez plus, ne m'abandonnez plus, j'ai été si malheureux! Et il se remit à pleurer.

Florian l'embrassa, le prit sur ses genoux et lui dit :

— Nous n'avons jamais eu l'intention de t'abandonner, nous ne pensions même pas rester aussi longtemps, et nous t'avions laissé de la nourriture et Bell pour te garder. Nous avons voulu explorer le voisinage pour voir s'il n'y avait pas quelque trace d'habitation. Hélas! nous n'avons rien vu, et l'eau est si rare dans ce pays qu'une fois nos bouteilles épuisées, nous n'avons pu trouver à les remplir, et nous avons cruellement souffert de la soif.

— Regarde, dit Perrin, en lui montrant une espèce de pomme de terre, notre voyage n'a pourtant pas été inutile ; car Florian a reconnu la plante des ignames et nous en avons arraché un bon nombre. C'est ce qui nous a fait revenir si tard, d'autant plus que, dans l'obscurité, nous avons eu de la peine à retrouver notre chemin. Bell nous a entendus et est venue au-devant de nous ; je suis étonné qu'elle ne t'ait pas réveillé en se levant d'auprès de toi.

— Est-ce que nous allons rester dans cet endroit ? demanda Léon.

— Je pense que, pour le moment, c'est ce que nous avons de mieux à faire. Cette source est un trop grand bienfait de la Providence pour que nous nous en éloignions. Autant que nous avons pu en juger, nous sommes dans un pays inhabité et en grande partie couvert de forêts vierges, dans lesquelles il ne serait ni facile ni prudent de s'aventurer. Nous n'avons guère d'autres chances de salut que les navires qui pourront passer par ici ; il vaut donc mieux rester sur le bord de la mer. Nous allons établir un signal sur le point le plus élevé de ce rocher, ma ceinture rouge, par exemple, attachée au haut d'une perche ; et si nous apercevions une voile, nous allumerions un grand feu.

— Mais, en attendant qu'il vienne un navire, comment vivrons-nous? demanda Léon.

— Au bord de la mer, on ne meurt jamais de faim, dit Perrin ; outre les coquillages et les tortues, nous trouverons bien moyen de prendre des poissons. Nous ferons aussi des collets pour attraper les lapins que nous avons vus là-haut

— Pour commencer, ajouta Florian, voilà d'excellentes ignames, qui paraissent cuites à point et dont je vous engage à vous régaler.

Il y avait plusieurs jours qu'ils vivaient de viande et de coquillages, aussi ces grosses racines farineuses, qui leur rappelaient un peu le pain, leur firent le plus vif plaisir. Leur repas terminé, ils montèrent sur la falaise pour établir le signal. Perrin avait rapporté de son expédition de la veille une longue gaule qui pouvait servir à cet usage. Comme il n'y avait pas d'arbres sur le bord de la falaise, qui était plutôt un amas de gros rochers, il fallut entasser des pierres autour de la gaule pour la faire tenir.

Pendant que les deux hommes étaient occupés à cet ouvrage, Léon s'éloigna un peu et découvrit entre les rochers plusieurs endroits délicieux. C'étaient des fouillis de plantes grasses,

de palmiers nains, de lianes aux fleurs brillantes.
De gros lézards et peut-être aussi des serpents se
glissaient dans le feuillage, aussi Léon n'avan-
çait-il qu'avec précaution et en battant le terrain
devant lui. Il pouvait du reste se fier à l'instinct
de Bell, qui le précédait en flairant de tous les
côtés. Tout à coup, le petit garçon poussa un
cri de joie ; il avait aperçu de magnifiques
ananas, dont plusieurs étaient mûrs. Il en coupa
un avec son couteau et allait le manger, lorsqu'il se rappela que jusqu'alors ses compagnons
avaient tout partagé avec lui ; il était bien juste
qu'il leur offrit sa trouvaille. Non, se dit-il, je
n'y goûterai pas avant eux. Je vais en cueillir
encore et les leur porter. Cette bonne pensée lui
en fit venir une autre. En coupant les ananas, il
avait remarqué que les fibres de la tige sont
très-fortes et il se demanda si elles ne pourraient
pas servir de fil ou de ficelle. Perrin avait parlé
de faire des collets pour prendre les lapins, mais
avec quoi? Si lui, Léon, pouvait trouver la
matière première, il se rendrait vraiment utile.
Séance tenante, il essaya de tordre des fibres de
diverses plantes, et finit par trouver autour du
tronc d'une espèce de petit palmier des filaments
très-solides qui, tordus plusieurs ensemble, fai-

saient une excellente ficelle et pouvaient même servir à faire de la corde. Il alla ensuite rejoindre ses compagnons et leur montra ce qu'il avait découvert. Ils le remercièrent beaucoup des ananas qui étaient délicieux; mais, en gens pratiques, ils furent surtout enchantés de la ficelle.

Aussitôt leur ouvrage fini, ils récoltèrent une provision de cette bourre fibreuse, la tordirent, et en firent des collets qu'ils placèrent à l'entrée des terriers des lapins.

A partir de ce jour, une vie très-active commença pour nos trois naufragés. Bien qu'ils fussent dans un pays chaud et dans la saison sèche, ils pensèrent pourtant qu'il serait prudent de se construire un abri contre les intempéries. En fait de matériaux, ils n'avaient guère que des feuilles de palmiers et de lataniers ; mais comme l'épais fouillis d'arbustes qui croissaient auprès de la source formait déjà une sorte de voûte naturelle, en élaguant un peu d'un côté, écartant et attachant de l'autre, ils eurent bientôt une cabane de verdure qui les mettait complétement à l'abri des rayons du soleil et dont le toit pouvait résister à une forte averse.

Tout en se livrant à ce travail, il ne fallait pas

négliger de se procurer de la nourriture, car le
garde-manger ne se remplissait pas seul. La
chasse aux lapins n'était pas très-productive.
Ces animaux sont fort malins, et ce ne fut
qu'après bien des essais infructueux que nos
hommes réussirent à en prendre quelques-uns
dans leurs collets. Ils s'aperçurent alors que
ce n'étaient pas des lapins comme les nôtres ; ils
étaient plus gros, avaient les oreilles plus courtes
et la queue plus longue. Florian leur dit que
dans La Plata on les nomme des *biscachas*. La
chair en était excellente.

Les tortues leur offraient une ressource plus
abondante. Il y en avait en grand nombre, et
c'était l'époque où elles venaient déposer leurs
œufs dans le sable. Bell, grâce à son flair, savait
très-bien les découvrir.

— Comment les tortues peuvent-elles les couver, demanda le petit garçon, puisqu'elles les
enfoncent si profondément dans le sable ?

— Les couver ! s'écria le mulâtre en riant.
Vois-tu une tortue avec sa dure écaille et son
sang froid, couvant ses œufs ? certes, elle ne les
réchaufferait guère. N'as-tu donc pas remarqué
que les poissons, les serpents, les lézards et les
tortues, n'ont pas de chaleur naturelle ? Par

conséquent, ils ne peuvent pas couver leurs œufs.

— Qui donc le fait à leur place? demanda l'enfant.

— Le bon Dieu en a chargé un de ses principaux serviteurs, le soleil; mais comme il est très-chaud dans ces parages, il cuirait les œufs s'ils étaient en contact trop direct avec ses rayons; c'est pourquoi, la mère tortue, après en avoir pondu cent cinquante en moyenne, les recouvre d'une forte couche de sable.

— Est-ce qu'elle revient chercher ses petits enfants lorsqu'ils sont éclos?

— Non, elle les confie à la Providence. D'ailleurs, elle n'aurait aucun moyen de les défendre contre leurs ennemis. Elle ne possède pas d'armes offensives, et elle-même n'a pour se protéger que sa dure carapace. Les pauvres petites tortues naissantes n'ont pas même cela. Lorsqu'elles sortent de leur œuf et de leur trou, elles sont molles comme des grenouilles; aussi se hâtent-elles de gagner la mer.

— Que j'aimerais en voir! elles doivent être si drôles!

— Tu en verras probablement, si nous restons encore quelque temps ici. En attendant, puisque c'est le moment de la ponte, il faut que nous fassions le guet, la nuit, pour tâcher d'attraper quelque grosse femelle, lorsqu'elle viendra déposer ses œufs sur la grève. Sa chair nous sera très-précieuse; en outre, sa carapace nous servira de casserole ou de chaudron. Celles que nous avons eues jusqu'à présent n'étaient pas assez épaisses pour cela.

En effet, dès la nuit suivante, Florian se mit à l'affût derrière un rocher; mais aucune tortue ne parut. Il avait déjà fait plusieurs tentatives inutiles, lorsque, un matin, il vint réveiller ses compagnons en leur disant que cette nuit-là il avait pris une énorme tortue et qu'il avait besoin d'eux pour l'aider à la dépecer et à l'emporter.

— Est-ce que tu l'as tuée? demanda Perrin.

— Non, tout seul je n'en serais jamais venu à bout.

— Mais alors, elle se sera sauvée.

— Je ne le pense pas ; vous allez voir.

En effet, bientôt ils aperçurent une grosse tortue renversée sur le dos, se démenant et agitant ses pattes en forme de nageoires, sans réussir à retourner sa lourde maison.

Les deux hommes n'ayant chacun qu'un mauvais couteau, eurent beaucoup de peine à la tuer et à séparer la carapace du plastron, car c'est ainsi qu'on appelle la partie du dessous; mais alors ils furent payés de leur peine. Ils se virent en possession d'un superbe plat, d'un grand chaudron, d'une provision de viande et de graisse qui, bien que verte, était excellente, et enfin d'un bon nombre d'œufs qui se trouvaient tout formés dans le corps de la bête.

Malheureusement, la chaleur était si forte que, même cuite, la viande ne se conservait pas; il fallait sans cesse s'en procurer de nouvelle.

Perrin était un habile pêcheur et regrettait vivement de n'avoir ni hameçons, ni filets. Il essaya d'en fabriquer, mais ne réussit pas, ou ne prit rien avec ses engins informes. L'idée lui vint alors de faire une espèce de palissade sur le sable. A mer basse, il enfonça de gros pieux à côté les uns des autres, et enlaça des branchages entre eux, de manière à ne laisser que de très-petits intervalles. Il donna à cette palissade la forme d'un demi-cercle ouvert du côté de la terre. La mer, qui était alors très-calme, couvrait les pieux et les branchages et, en se retirant, y laissait engagés des poissons, des crabes et d'autres animaux marins.

Les premiers jours, Perrin fit une abondante

pêche ; mais ensuite, il s'aperçut qu'on le volait. Il trouva son parc rempli de poissons à moitié mangés et de débris de toutes sortes. Il en fut fort intrigué, car jusqu'à ce moment nos naufragés n'avaient vu dans ce pays aucun animal carnassier. Décidé à découvrir son voleur, le lendemain Perrin, se mit à l'affût au moment où la mer se retirait. Malheureusement il faisait déjà grand jour et le malfaiteur était probablement sur ses gardes, car il ne parut pas.

Cette nuit, Florian s'étant levé pour découvrir quelque tortue sur le sable, aperçut plusieurs animaux qui rôdaient autour du parc à poissons. L'un d'eux était bien plus gros que les autres ; c'était probablement une mère avec ses petits. Elle était très-basse sur pattes et avait le corps et la tête aplatis. Lorsque le mulâtre voulut s'approcher, elle poussa un cri de rappel et se jeta à la mer ; ses enfants plongèrent avec elle.

Florian, fort intrigué, raconta le lendemain à ses compagnons ce qu'il avait vu.

— Il faut absolument essayer de prendre un des voleurs, s'écria Léon ; avec Bell cela ne sera pas difficile.

La nuit suivante, lorsque la marée fut tout à

fait basse, les deux hommes et Léon, tenant Bell par son collier, se glissèrent avec précaution entre le parc et la mer, puis ils s'approchèrent doucement. Perrin regarda entre les branchages : ô bonheur ! les maraudeurs sont à l'œuvre et on les entend broyer les têtes des poissons. Vite, Léon et Bell s'avancent d'un côté et les deux hommes de l'autre. La chienne, excitée par Léon, veut saisir un des petits, mais la mère se jette courageusement sur elle et la mord cruellement. Bell pousse un cri de douleur et recule. Alors elle se met à aboyer et n'ose plus attaquer. Pendant ce temps, Léon a poursuivi un autre petit et l'a saisi au moment où il voulait passer à travers la palissade. Il le tire à lui ; mais, dès que sa tête est dégagée, la bête se retourne et lui mord le bras. Peu habitué à supporter la douleur, il la jette au loin en poussant des cris perçan's. Florian, qui jusque-là s'était contenté de barrer le passage aux animaux, arrive au secours du petit garçon. Perrin arrive aussi juste à temps pour saisir le petit que l'enfant venait de jeter et qui était un peu étourdi de sa chute ; les autres se hâtent de gagner la mer, poursuivis par Bell qui les accompagne en aboyant, mais n'a nullement l'intention de les arrêter.

La bataille avait été chaude, il y avait deux blessés ; mais, la journée n'était pas perdue puisqu'on emmenait un prisonnier. Perrin tenait la jeune bête par le cou afin de ne pas être mordu. Elle était grosse comme un jeune chat, avait des poils longs et rudes en dessus et, sous ceux-là, des poils doux et courts dont on se sert pour faire des casquettes. C'était une jeune loutre de mer. Son humeur paraissait des plus intraitables, et une fois de retour au ruisseau, nos gens se trouvèrent fort embarrassés pour la mettre en sûreté. Ils ne savaient où l'enfermer et n'avaient ni collier ni chaîne pour l'attacher. Enfin, Florian lui emprisonna le cou dans une branche flexible d'une espèce d'osier, autour de laquelle il passa une corde grossière en fibres de palmier. Il noua solidement l'autre bout de la corde à une racine de façon à ce que la bête pût se mettre dans le ruisseau. Après cet exploit, nos héros regagnèrent leur couchette ; mais, au matin, la jeune loutre avait disparu. Sa mère était probablement venue la délivrer, car on remarquait dans la vase des traces de pieds plus grands que les siens, et il avait fallu de fortes dents pour couper la corde.

Grâce à leurs nombreuses occupations, nos naufragés passaient assez bien leur temps ; mais cela ne les empêchait pas d'interroger chaque matin l'horizon et d'être tout tristes, en ne voyant rien paraître.

— Décidément, disait Perrin, cet endroit ne se trouve pas sur le passage des navires, et nous risquons d'y rester éternellement.

— Je crois, dit Florian, que nous ferons bien, lorsque la chaleur sera moins forte, de nous mettre en route en longeant le bord de la mer, dans notre embarcation. Si, par bonheur, nous sommes sur le continent et non sur une île, nous finirons bien par arriver à un port.

— C'est aussi mon avis, dit Perrin ; seulement nous ne pouvons nous mettre en route sans emporter de l'eau et des provisions de bouche, et il faut, dès maintenant, nous en occuper.

La première chose à faire était de se procurer un ustensile dans lequel on pût transporter une certaine quantité d'eau. Ils ne possédaient que deux bouteilles en verre très-fragile et contenant fort peu de liquide. Perrin entreprit de faire des outres avec les peaux des biscaches. En séchant, elles s'étaient raidies et racornies; mais en les frottant, d'abord avec de la graisse de tortue et ensuite avec du sable, il réussit à les assouplir. Il boucha toutes les ouvertures, sauf une qui servait pour les remplir et qu'on ficelait ensuite, et eut ainsi des objets faciles à porter et contenant passablement d'eau.

Pendant qu'il se livrait à cette occupation, Léon et Florian ne restaient pas oisifs. Ils avaient entrepris de saler la chair d'une grosse tortue. Pour se procurer du sel, Léon, muni de deux écailles de tortue en guise de seaux, transportait de l'eau de mer dans des creux de rochers, au grand soleil. La chaleur faisait évaporer l'eau et il restait au fond un peu de sel, mais si peu qu'il fallait souvent renouveler l'opération.

Léon avait aussi appris à tresser des espèces de paniers avec les branches flexibles d'un arbre ressemblant au saule. Il s'agissait maintenant d'en faire d'assez grands pour pouvoir y mettre toutes les provisions de route.

Le caractère du petit garçon avait beaucoup gagné. Il aimait à se rendre utile et ne se croyait plus le supérieur de ses compagnons. Il avait vu combien il avait besoin d'eux et était incapable de se suffire à lui-même. Cependant, on ne change pas complétement en si peu de temps, et il avait encore assez souvent des accès de colère et des velléités de révolte. Un jour, Perrin lui annonça que lui et Florian comptaient faire une expédition pour aller chercher des ignames. Il n'en poussait pas dans leur voisinage, et c'était une des choses les plus commodes à emporter pour manger en route.

— J'irai avec vous, n'est-ce pas ? dit Léon avec empressement.

— Non, répondit Perrin, tu ne ferais que nous retarder et nous gêner. Bell te tiendra compagnie et te gardera ; nous tâcherons de revenir avant la nuit.

— Non, non, s'écria Léon, je ne veux pas rester seul ici, je veux aller avec vous.

— Ecoute, mon garçon, lui dit Florian, sois raisonnable, c'est pour ton bien que nous avons décidé de ne pas t'emmener. La route est longue et pénible, la chaleur excessive ; tu serais trop fatigué. La dernière fois que tu es venu avec nous sur la falaise, tu as été pris de maux de tête, d'étourdissements, et j'ai été obligé de te rapporter dans mes bras. Ce n'est pas au moment d'entreprendre un long voyage sur les côtes d'un pays inconnu, que tu dois risquer de te rendre malade.

Léon, au lieu de se rendre à ces bonnes raisons, se mit en colère. Il traita ses compagnons de méchants, de cruels, dit qu'ils voulaient sa mort et que, bien sûr, ils n'avaient pas l'intention de revenir. Les deux hommes le laissèrent parler sans lui répondre. Mais, comme ils n'avaient pas envie que pareille scène se renouvelât le lendemain, ils partirent de très-bonne heure en ayant soin de ne pas l'éveiller. Ils couchaient tous les trois sous la cabane de branchages, où ils s'étaient fait d'assez bons lits de mousse et d'herbe sèche. Lorsque le petit garçon ouvrit les yeux et vit la cabane vide, il devina la vérité, et toute sa colère le reprit. Il s'habilla à la hâte, sortit, et regarda de tous les côtés. Il ne vit personne que Bell, qui vint au devant de lui en sautant et gambadant; elle avait l'air de vouloir lui raconter quelque chose. Évidemment elle avait essayé de suivre Florian et Perrin ; ils l'avaient renvoyée et, plus sage et plus soumise que son jeune maître, elle était docilement revenue. Loin de suivre ce bon exemple, le petit imprudent se décida à partir immédiatement pour rejoindre ses compagnons, qu'il pensait ne devoir pas être encore très-éloignés. Il eut pourtant la prudence de prendre une petite outre que Perrin avait arrangée pour son usage, de la remplir d'eau et d'emporter un morceau de tortue à demi-salé. Il savait dans quelle direction se trouvait le champ aux ignames et il se mit en route.

Pendant quelque temps tout alla bien; la chaleur n'était pas encore trop vive et Bell, toute joyeuse, gambadait autour de lui. Il savait qu'il devait s'éloigner du bord de la mer, et bientôt il se trouva dans un endroit si accidenté qu'il avait bien de la peine à avancer. Tantôt il voyait se dresser devant lui un rocher à pic, tantôt il arrivait devant des fouillis de plantes enchevêtrées les unes dans les autres. Il fut ainsi obligé de faire de grands détours et bientôt il ne sut plus trop de quel côté se diriger. La chaleur était devenue très-forte et les moustiques le piquaient cruellement. Il s'arrêta dans un endroit ombragé pour manger un morceau et se reposer. Bell courait entre les rochers et faisait sauver sur son passage de jolis lézards et des espèces de grosses souris dont elle prit et mangea quelques-unes; ensuite elle revint vers son maître. Comme elle paraissait souffrir de la soif, il lui donna une partie de son eau, en la lui faisant boire dans le creux de sa main.

Au moment où il allait se remettre en marche, Léon aperçut des ananas et quelques fruits de cactus raquettes. C'était pour lui une bonne fortune. Les fruits de cactus sont couverts de petites touffes d'épines excessivement désagréables; elles sont en forme de hameçons microscopiques, et lorqu'elles s'enfoncent dans les doigts on a beaucoup de peine à les retirer. Léon en fit la triste expérience au premier qu'il voulut cueillir; impatienté, il le jeta sans même y goûter. Si Florian avait été là, il lui aurait montré à le piquer sur un bâton et à enlever la peau avec toutes les épines; on a alors une pulpe fraîche et agréable, bien qu'un peu fade. Il se contenta de manger un ou deux ananas et d'en emporter deux autres.

Après avoir encore un peu marché, il arriva devant une grande plaine aride. Le soleil était toujours plus ardent. Léon, fatigué par le poids de son outre, de son panier et de ses ananas, se demanda s'il ne ferait pas mieux de retour-

ner sur ses pas; mais l'amour propre le retint.
Il s'arrêta à l'abri du dernier rocher qu'il y
avait de ce côté, décidé à attendre qu'il fit un peu
moins chaud pour traverser la plaine déserte.
Il but et mangea encore, puis s'endormit de las-
situde. Une sensation de fraîcheur sur son visage
l'éveilla; il se releva brusquement; ce n'était
qu'un gros lézard qui avait fait une excursion
sur sa figure. Bell dormait aussi et ne l'avait pas
vu. Cette impression de frayeur eut cependant
pour effet de lui faire désirer plus vivement de
retrouver ses compagnons. Pour la première
fois, l'inquiétude le saisit; il eut peur de ne plus
pouvoir retrouver son chemin pour revenir à la
source. Il ne savait pas combien de temps il
avait dormi. Si la nuit allait le surprendre tout
seul dans ce désert! Il commençait à comprendre combien il avait eu tort d'abandonner la
cabane, de se mettre en colère, de désobéir à ce
bon Florian. Il voyait maintenant combien c'é-
tait pénible de voyager à pied par cette chaleur
et dans ce pays. Ce n'était pas un prétexte que
Perrin avait inventé pour se débarrasser de lui;
c'était bien vrai qu'ils craignaient pour lui un
excès de fatigue! Et il s'était fâché! et il leur
avait dit des sottises! Oh! si seulement il les

retrouvait, il était bien décidé à leur faire des excuses et à ne plus jamais se laisser aller à l'emportement.

Il allait retourner sur ses pas et tâcher de retrouver la route qu'il avait suivie, lorsqu'il aperçut à l'extrémité de la plaine, à la lisière d'une forêt vierge, deux ombres noires qui se mouvaient et ressemblaient assez à deux hommes baissés qui ramassaient quelque chose. Les voilà! s'écria-t-il, je vais les voir! et il se mit à marcher rapidement dans cette direction. La forêt était plus éloignée qu'il ne le pensait. Il avait beau marcher, marcher, elle ne paraissait pas se rapprocher beaucoup, et les ombres ne devenaient pas plus distinctes; quelquefois, il les perdait de vue, elles paraissaient rentrer dans la forêt. Le soleil le brûlait, la tête commençait à lui faire mal, tout son corps était couvert de piqûres de moustiques. Bell le suivait tristement, la langue pendante. Il s'étonnait qu'elle ne sentit pas ses autres maîtres et qu'elle ne courût pas au devant d'eux comme elle avait coutume de le faire. Enfin, on distingua le bois plus clairement, mais depuis un moment les ombres avaient disparu. Tout-à-coup, la chienne flaira en l'air, prit sa course de ce côté et Léon vit s'enfuir à son approche deux chevreuils. Voilà ce qu'il avait pris pour ses amis. Cette déception lui ôta tout ce qui lui restait de forces et de courage; il se traîna plutôt qu'il ne marcha jusqu'aux premiers arbres et se laissa tomber à terre anéanti. Il était dévoré par la soif et il vit avec douleur que son outre était presque vide; cependant, il donna encore quelques gouttes d'eau à Bell. Pour se garantir des moustiques et du soleil, il se couvrit d'herbe et de feuilles fraîches et se coucha, convaincu qu'il n'avait plus qu'à mourir. Bell vint se mettre près de lui. Brave et bonne bête! dit-il, toi aussi, tu vas mourir de soif et de misère, et c'est moi qui en aurai été la cause! Oh! mon Dieu, mon Dieu! aie pitié de moi, misérable créature qui n'ai jamais fait que du mal. Hélas! me connaît-il, ce Dieu que je n'ai jamais prié du fond de mon cœur? Florian dit qu'il est mon père. Oh! je veux le croire, car il est trop dur d'être ainsi abandonné, de se sentir si absolument seul. Mon père céleste, aie pitié de moi! pardonne-moi! — Ensuite, le pauvre enfant pensa à ses parents. Il se demanda s'ils le croyaient heureusement arrivé en France, ou s'ils avaient su le naufrage de son bateau. Ma mère mourrait

certainement de chagrin, si elle me savait ainsi
perdu au milieu d'un désert.

La nuit était venue subitement, comme cela
arrive dans les pays chauds. Elle apporta un
peu de soulagement aux souffrances de notre
héros. Il finit par s'endormir, mais d'un som-
meil fiévreux et agité de rêves étranges. Le lendemain, Bell le réveilla en le léchant, pleurant,
s'agitant autour de lui. Il essaya de se lever ;
hélas ! il ne pouvait se tenir debout ; la tête lui
tournait et il dut se remettre sur sa couche de
feuilles. Il retomba moitié endormi, moitié éva-
noui. Il avait cependant un vague sentiment
des efforts que sa pauvre chienne faisait pour le
tirer de sa torpeur. Au bout de quelques temps,
ces efforts ayant cessé, il entr'ouvrit les yeux et
ne la vit plus. Ranimé par cette dernière douleur, par l'abandon de son amie, il se souleva
et l'appela, mais en vain. Elle était partie. Il
retomba sans connaissance.

Il y avait déjà longtemps qu'il était dans cet
état lorsqu'il revint à lui en se sentant de nouveau lécher et caresser par sa fidèle chienne. Il
ouvrit les yeux et aperçut un sauvage, à demi-
nu, qui le considérait avec étonnement. Cet
homme lui adressa la parole dans une langue

inconnue. L'enfant, croyant rêver, fit un effort
pour se réveiller tout à fait, mais ses étourdissements le reprenant, il referma les yeux et se sentit
saisi par des bras vigoureux et emporté. Lorsqu'il reprit tout à fait ses sens, il se trouva dans
une hutte de forme arrondie, faite en terre dur-
cie. Une femme sauvage était penchée sur lui et
lui mettait sur le front des herbes fraîches et
humides qui lui faisaient éprouver une sensation bienfaisante. Dès que la femme le vit ou-
vrir les yeux, elle lui sourit et alla chercher une
calebasse remplie d'une boisson aigrelette, qui
lui parut le meilleur breuvage qu'il eût jamais
goûté. Il regarda alors tout autour de lui et vit,
appuyé contre la porte de la hutte et fumant
gravement, le sauvage qui l'avait apporté et,
auprès de lui, deux enfants, un bébé de deux
ans et une petite fille de quatre ou cinq ans.
L'homme avait des plumes sur la tête, un collier autour du cou et, pour tout vêtement, une
espèce de caleçon. Le bébé était tout nu et la
femme et la petite fille avaient des jupes bleues
qui lui parurent faites avec une étoffe européenne.
L'homme, voyant qu'il le regardait, lui parla
de nouveau. Il s'exprimait avec hésitation,
comme dans une langue qui n'était pas la sienne,

et Léon crut reconnaître que c'était de l'anglais.
Hélas! il ne savait pas cette langue, et cependant
il avait eu bien des occasions de l'apprendre,
mais il n'avait pas voulu s'en donner la peine.
Ah! si Florian était là! Il n'était qu'un pauvre
mulâtre, une espèce de domestique, et pourtant
il parlait l'anglais, le français et l'espagnol.
Comme il était plus instruit que l'ignorant petit
créole!

Léon aurait bien voulu faire comprendre
au sauvage qu'il avait deux compagnons et qu'il
devrait bien aller à leur recherche. Il essaya de
s'expliquer par gestes, mais on ne le comprit pas
et il était encore trop faible pour faire de grands
efforts. On l'avait étendu sur une espèce de
couche en herbes sèches et recouvert d'une peau.
Pendant le reste du jour, il resta immobile, regardant seulement les jeux des enfants qui
s'étaient déjà familiarisés avec Bell et qui lui
faisaient mille caresses; ou bien il suivait des
yeux l'active femme sauvage, pendant qu'elle
s'occupait de tous les soins de l'intérieur. Il la
vit broyer du grain dans un mortier, en faire
une espèce de bouillie dont elle porta respectueusement une portion à son mari, ensuite elle
lui en donna, ainsi qu'à ses enfants, et ne man-

gea elle-même que lorsqu'ils eurent tous fini.
Léon n'avait pas faim, il ne put avaler que quelques cuillerées et donna le reste de sa portion à
Bell. Il dormit assez bien, et le lendemain se
trouva beaucoup mieux. Quoique bien faible encore, il put cependant se lever et se tenir debout.
Il ne put s'empêcher de rire en voyant l'admi-
ration de la petite fille pour ses vêtements. Ils
étaient cependant tout en lambeaux. Ses souliers
étaient un peu moins usés que le reste, parce
que, sur le conseil de Florian, il avait pris l'habitude de marcher toujours nu-pieds quand il
était sur la grève. Un des boutons de sa veste
s'étant détaché, il le donna à la petite qui fut
plus joyeuse que s'il lui avait fait cadeau d'une
montre en or.

Au dehors, il vit plusieurs autres huttes à une
certaine distance. Quelques sauvages l'aperçurent et vinrent se grouper autour de lui. Ils
l'examinaient avec curiosité; cependant, il était
évident qu'ils avaient déjà eu des rapports avec
des gens civilisés, car ils avaient des effets et
des objets qu'ils n'avaient pas dû fabriquer eux-
mêmes; en outre, il semblait toujours à Léon
qu'il reconnaissait dans leur langage des mots
anglais. Il essaya encore de leur faire compren-

dre qu'il avait des compagnons et de les engager à aller les chercher. Il pensait que si Florian pouvait s'entendre avec eux, ces bonnes gens pourraient les conduire dans un endroit où ils trouveraient le moyen de retourner chez eux.

Après avoir encore fait vainement toutes sortes de gestes, il eut une idée lumineuse : il courut au foyer, prit un charbon et se mit à dessiner grossièrement sur le mur de la hutte, d'abord un bateau, puis trois bonshommes, dont un plus petit, qu'il leur indiqua comme étant lui-même, et un quadrupède quelconque destiné à représenter Bell. Puis il montra les deux plus grands bonshommes et la direction qu'il pensait être celle par laquelle il était venu. Cette fois, les sauvages comprirent. Ils le lui signifièrent par leurs gestes. Après s'être consultés entre eux, plusieurs partirent. Deux jours se passèrent sans que Léon les vit revenir. Il reprenait des forces et était toujours très-bien traité par ses hôtes. Il s'amusait avec les enfants et aidait leur mère dans ses travaux. Mais le temps lui paraissait long. Il lui était dur de ne pouvoir ni comprendre ce qu'on lui disait, ni se faire comprendre. Enfin, le troisième jour, il entendit des cris de triomphe, et bientôt il vit

paraître une troupe de sauvages. Oh bonheur !
Florian et Perrin étaient au milieu d'eux. D'un
bond, il se précipita vers ses amis, les serra
dans ses bras, puis fondit en larmes, tant son
émotion était vive. Bell aussi accablait les deux
hommes de caresses.

— Mon pauvre enfant, dit Florian, je t'ai bien
cru perdu.

— Oui, dit Perrin, et il a manqué mourir de
chagrin et d'inquiétude. Si ces braves sauvages
n'étaient pas venus nous dire que tu étais dans
leur village, je crois que c'en était fait de lui et
que je serais resté tout seul dans ce maudit pays.

— Vous pouvez donc comprendre ce qu'ils
disent ? demanda l'enfant avec empressement.

— Florian les comprend ; ils parlent un peu
anglais. Ils lui ont dit qu'ils avaient des rapports
fréquents avec un Monsieur White, qui est moitié médecin et moitié missionnaire, et qui
demeure près d'ici avec sa famille.

— Quel bonheur ! s'écria Léon, il pourra peut-
être me renvoyer chez mes pauvres parents.

— Oui, mais en attendant, il faut que nous
fassions reposer Florian. Regarde comme il est
pâle, c'est à peine s'il peut se tenir sur ses
jambes.

En effet, le pauvre mulâtre était sur le point
de se trouver mal. Léon en l'examinant fut sur-
pris de le trouver si changé ; évidemment il
était bien malade. Il le conduisit dans la hutte
de ses protecteurs, le fit coucher sur son lit, et
lorsque la femme lui eut donné à boire et qu'il le
vit se disposer à dormir, il alla rejoindre Perrin
qui se reposait devant la porte et le pria de lui
raconter tout ce qui leur était arrivé depuis son
départ. Perrin lui dit qu'ils s'étaient félicités
plus d'une fois de ne pas l'avoir emmené dans
leur expédition qui, par cette grande chaleur
et ces lieux difficiles, avait été horriblement
fatigante. Après avoir fait leur provision
d'ignames, ils étaient exténués. Perrin voulait
passer la nuit là, et se remettre en route de
grand matin, pour avoir moins chaud. Florian,
inquiet au sujet de Léon, ne voulut pas en entendre parler. Nous lui avons promis de revenir
avant la nuit, disait-il. Ils partirent donc lour-
dement chargés, par le gros de la chaleur. En
route, le pauvre Florian fut pris d'une insolation
ou coup de soleil. La tête lui tournait ; il ne pouvait plus marcher ; Perrin le traîna à l'ombre
d'un rocher et ils durent rester là jusqu'à la
nuit. Alors le malade se sentit mieux ; ils avan-

cèrent encore un peu, laissant leurs ignames
qu'ils avaient cachées et qu'ils comptaient venir
reprendre. Le chemin devenant trop difficile, ils
furent obligés de s'arrêter encore et n'arrivèrent
à la source que le lendemain matin.

— Juge de notre consternation, continua
Perrin, lorsque nous ne trouvâmes plus ni toi,
ni Bell. Cela acheva de rendre Florian tout à
fait malade. Il se reprochait de t'avoir quitté et
se figurait que tu avais été dévoré par quelque
bête féroce. Je lui fis observer qu'un animal
n'aurait pas mangé toi et une grosse chienne
sans laisser de traces et que tu t'étais bien plutôt
égaré en voulant te promener seul ou venir nous
rejoindre. Alors, il voulait se lever, aller à ta
recherche, et pour le faire tenir tranquille, je
dus lui promettre de parcourir moi-même tous
les environs. Malgré mes inquiétudes sur sa
santé, je le laissai donc seul et me mis à te chercher, à t'appeler, à monter sur tous les points
élevés pour examiner le pays et tâcher de te
découvrir. Mais ce fut en vain. Je dus revenir
près de mon pauvre camarade sans avoir rien
découvert qui pût nous mettre sur tes traces. Je
le trouvai plus malade. Il était agité par une
fièvre ardente. Le lendemain, il me renvoya dé

nouveau, me laissant à peine le temps de préparer un peu de nourriture. Cela dura jusqu'au jour où, me trouvant à une assez grande distance de la source, je rencontrai la petite troupe de sauvages que tu avais envoyés à notre recherche. D'abord je fus très-effrayé, ne sachant pas au juste quelles étaient leurs intentions ; mais je finis par comprendre à leurs gestes qu'ils venaient en amis et qu'ils t'avaient probablement trouvé. Alors, je les menai vers Florian qui poussa un cri de joie lorsqu'ils lui parlèrent anglais et lui dirent qu'ils venaient nous chercher pour nous mener vers toi. Florian leur demanda si nous pouvions faire une partie de la route en canot, car il était si faible qu'il pouvait à peine se trainer. Ils dirent que nous pouvions en effet débarquer à un endroit bien plus rapproché de leur village. Deux d'entre eux vinrent avec nous ; les autres nous rejoignirent à l'endroit où nous avons quitté le canot.

Au moment où Perrin finissait ce long récit, les sauvages vinrent les engager à prendre part à un repas que les femmes venaient de préparer. Les voyageurs avaient tué en route une espèce de chevreuil. On l'avait fait rôtir, et il était accompagné d'ignames grillées et de bananes.

Bien que ces mets fussent très-tentants pour les naufragés, Florian ne put en manger, il était trop souffrant pour avoir faim. Le lendemain, les bons sauvages, le voyant si malade, allèrent d'eux-mêmes chercher M. White, en qui ils avaient grande confiance comme médecin et l'amenèrent auprès de leurs hôtes, qui furent bien heureux en voyant paraitre un homme civilisé.

M. White était un missionnaire d'une quarantaine d'années, à l'air très-bon et très-respectable. Il écouta avec le plus grand intérêt l'histoire de nos pauvres amis et leur dit qu'il lui serait facile de leur procurer les moyens de retourner au port d'où ils étaient partis. Il parlait français, de sorte que Léon le comprenait. L'enfant rougit, puis pâlit de bonheur en apprenant que bientôt il pourrait revoir ses parents.

— Je ne suis pas en état de bouger d'ici, dit le mulâtre d'une voix faible. Partez sans moi, je vous rejoindrai dès que je serai guéri.

— Mon bon Florian, s'écria le petit garçon en l'embrassant, je ne te quitterai pas. C'est en grande partie par ma faute que tu es malade, je veux te soigner et je ne partirai d'ici que lorsque tu pourras venir avec nous.

— Et moi de même, dit Perrin ; nous avons été malheureux ensemble, il faut aussi que nous soyons heureux en même temps.

— Vous avez raison, mes amis, dit M. White ; nous allons tâcher de guérir votre camarade, après quoi nous partirons tous ensemble. L'Aigle noir, dit-il en s'adressant au sauvage qui avait trouvé Léon, tu voudras bien aller prévenir chez moi que je serai absent quelques jours, et tu demanderas les objets que j'ai désignés sur ce papier.

Il dit ces mots en anglais et le sauvage se hâta de partir. M. White paraissait avoir une grande influence sur ces braves gens. Il en était très-aimé. La petite fille, qui s'appelait May, était sans cesse près de lui et lui embrassait les mains avec respect. Il dit quelques mots affectueux à la femme, qui se tenait respectueusement à l'écart, et caressa le bébé, qui, en qualité de garçon, avait un nom si long que jamais Léon ne put le prononcer.

Malgré les soins de ses amis et les remèdes du bon M. White, le pauvre Florian ne guérit pas ; bientôt il sentit qu'il allait mourir. Il fit venir Léon près de lui et lui dit que sa fin approchait, mais qu'il était heureux de penser que lui et Perrin pourraient bientôt retourner auprès de leurs amis.

Le petit garçon se mit à sangloter ; il lui dit qu'il ne pourrait jamais se consoler de sa mort, qu'il s'était tant réjoui de le conduire chez ses parents, de prier son père de le traiter comme son ami, comme son bienfaiteur, de tâcher de lui procurer une vie heureuse ; et maintenant, il ne prendrait plus plaisir à rien ! Et ses larmes coulaient en abondance.

— Ton père n'aurait pu me faire une vie aussi heureuse que celle dont je compte jouir au ciel, reprit doucement le malade. Je ne laisse ni parents, ni amis bien intimes ; ainsi je n'ai rien à regretter sur la terre. M. White a été un précieux ami pour moi, ces jours-ci ; il m'a appris à mettre toute ma confiance en Dieu, et à ne pas craindre la mort, parce que le Seigneur Jésus, en mourant sur la croix, a pris sur lui mes péchés et m'en a obtenu le pardon. Si réellement tu désires faire quelque chose pour moi, mon enfant, promets-moi de consacrer ta vie à servir le Seigneur ; obéis-lui en toutes choses, et surtout, n'oublie pas que les pauvres nègres et les pauvres mulâtres sont aussi tes frères. Aime-les et protége-les en souvenir de ton ami Florian !

Pendant cet entretien, Bell se tenait auprès d'eux, allant de l'un à l'autre, les caressant, gémissant, fixant sur eux ses yeux si expressifs, et semblant leur demander: Pourquoi pleurez-vous? Qu'est-ce qui vous fait du chagrin?

Florian passa sa main amaigrie sur la tête du bon animal et dit: —C'est à elle que nous devons d'être ici; c'est encore elle qui t'a sauvé la vie. L'Aigle noir m'a raconté comment il t'avait trouvé. Il chassait seul, à quelque distance de son village, quand il a aperçu ce grand chien jaune, qui d'abord lui a fait peur, car il n'en avait jamais vu de semblable. La bête elle-même a commencé par s'arrêter effrayée; puis, elle s'est couchée sur le dos, comme pour demander grâce; ensuite, elle s'est approchée de lui en rampant. Lorsqu'il l'a flattée de la main, elle s'est mise à sauter, à japper et est partie du côté où tu étais, en regardant si le sauvage la suivait. C'est ce qu'il a fait, et il t'a trouvé mourant.

—Brave Bell! dit le petit garçon en entourant de ses bras le cou de l'animal. C'était la troisième fois qu'elle me sauvait la vie: d'abord, dans l'eau au moment du naufrage; puis, quand elle tua le serpent sur lequel j'allais me coucher, et enfin, cette dernière fois. Je suis sûr que c'était vous qu'elle allait chercher, et c'est extraordinaire qu'elle ait pensé que l'Aigle noir, qu'elle ne connaissait pas, pouvait aussi me venir en aide.

— C'est si extraordinaire que tous ces pauvres sauvages la regardent presque comme un être surnaturel, et sont tentés de l'adorer.

Florian languit encore quelques jours, puis s'éteignit sans grandes souffrances.

M. White resta auprès de lui jusqu'au dernier moment, le soignant, l'encourageant, priant pour lui et lui rendant le départ aussi doux que possible.

Lorsqu'il l'eut fait enterrer par les sauvages, qu'il eut prié et mis une croix sur sa tombe, il dit à Léon et à Perrin qu'il allait les emmener chez lui et de là les faire conduire au port le plus voisin. Déjà il avait écrit aux parents de Léon pour les rassurer sur le sort de leur fils. Léon s'était beaucoup attaché à ces bons sauvages qui les avaient si bien soignés lui et son pauvre ami. Il pleurait en disant adieu à la femme et aux enfants de l'Aigle noir. — Ah ! si seulement je pouvais leur laisser quelque chose comme témoignage de ma reconnaissance ! s'écria-t-il ; mais, je n'ai rien, absolument rien que mon couteau dont la lame est cassée.

— Je sais quelque chose qui leur ferait grand plaisir, dit M. White, mais peut-être n'auras-tu pas le courage de t'en séparer.

— Quoi donc? demanda l'enfant.

— Ta chienne. Ils l'aiment extrêmement et elle leur serait bien utile pour leurs chasses.

Le cœur du petit garçon se serra douloureusement ; si M. White avait connu la grandeur du sacrifice qu'il demandait, peut-être n'aurait-il pas eu le courage d'en parler.

Perrin voyant que Léon ne répondait pas, prit la parole et dit : — Certainement nous ne pouvons pas faire moins pour ces braves gens. D'ailleurs, la bête n'est pas à Léon, elle appartenait à un des officiers du bord qui, très-probablement, est noyé à l'heure qu'il est.

— Elle m'a sauvé trois fois la vie, dit le petit à voix basse. Elle a été ma compagne et mon amie pendant que nous étions dans notre solitude.

— Aussi, reprit Perrin, je ne te conseillerais jamais de la laisser, si elle ne devait pas être heureuse ; mais elle le sera plus ici que chez tes parents. Regarde comme May l'embrasse.

Léon se tourna vers M. White et lui dit:

— Si vous pensez que je doive le faire, je la leur donnerai.

Rien ne prouve mieux que ces simples mots combien le caractère de notre héros avait changé à son avantage. M. White l'embrassa et lui dit que Dieu lui saurait gré de ce sacrifice. Le missionnaire avait envoyé chercher deux bons chevaux chez lui. Il prit Léon en croupe et fit monter Perrin sur l'autre bête.

Les enfants, enchantés de garder Bell, l'avaient entraînée au loin pour qu'elle ne vît pas partir son maître. On devait la tenir attachée pendant quelques jours de crainte qu'elle n'allât le rejoindre.

Léon eut les larmes aux yeux pendant toute la première partie de la route. Ensuite il se laissa distraire par cette nouvelle manière de voyager et par les beautés du pays qu'il traversait. Après cinq heures de marche, coupées par quelques haltes, ils arrivèrent près de l'habitation de M. White. Comme le petit garçon fut content de revoir une vraie maison, des champs cultivés, un jardin et surtout des gens habillés comme lui ! Le missionnaire avait plusieurs enfants qui se précipitèrent au devant de lui en sautant de joie. Il avait perdu sa femme ; c'était sa fille aînée qui tenait son ménage. Elle connaissait le français et elle accueillit le jeune étranger très-affectueusement. Pour reposer ses membres fatigués de la route, elle lui fit prendre un bain ; elle le vêtit ensuite avec des habits de l'un de ses frères. Des soins analogues furent donnés à Perrin ; M. White le fit aussi habiller convenablement. Ils ne devaient repartir que le lendemain. Comme ils jouirent d'être de nouveau devant une table bien servie, surtout de retrouver du pain, car c'est ce qui leur avait le plus manqué ! Et quel plaisir ils éprouvèrent à coucher dans un bon lit bien propre, entre deux draps ! Il faut en avoir été privé pendant quelque temps pour l'apprécier.

Léon avait remarqué dans la maison plusieurs enfants peaux-rouges. Le lendemain en déjeunant il demanda à Miss Mary, la fille aînée de M. White, ce que ces petits garçons et ces petites filles avaient à faire là.

— Mon père essaye, dit-elle, de convertir ces sauvages au christianisme, et il a trouvé que le meilleur moyen c'était de prendre tour à tour les enfants chez nous pendant quelque temps. Ils apprennent bien des choses, entre autres l'anglais, et nous avons ainsi une grande influence sur eux. C'est un peuple naturellement bon et doux.

— Je vous en prie, mademoiselle, lui dit encore Léon, prenez une fois chez vous la petite May et parlez lui quelquefois de moi. J'aimerais tant la savoir heureuse! elle et ses parents ont été si bons pour moi.

— Je te le promets, mon enfant, je tâcherai de l'amener à donner son cœur à Dieu; c'est le meilleur moyen de la rendre heureuse. Quant à ses parents, mon père s'occupe d'eux et croit qu'ils ne tarderont pas à se convertir.

M. White interrompit cette conversation en annonçant à Perrin et à Léon qu'ils allaient partir. Une carriole les attendait devant la porte, et le missionnaire allait les conduire lui-même jusqu'à un petit port où touchait un bateau à vapeur qui les transporterait à H... Là, le père de Léon l'attendait déjà avec impatience. M. White ne quitta ses hôtes que lorsqu'il les vit s'éloigner dans le canot qui devait les conduire à bord du steamer.

Léon ne put se défendre d'une impression de

frayeur en se trouvant de nouveau sur l'Océan.
Tout naturellement sa pensée se reporta sur son
naufrage, sur la frêle embarcation où il avait
passé tant d'heures en proie à la faim et à la
soif, la tête appuyée sur sa chère Bell. Ses yeux se
remplirent de larmes au souvenir de cette fidèle
amie. Tout à coup il entendit une rumeur sur le
rivage, puis le bruit d'un corps qui tombe à la
mer. Il regarde et voit quelque chose qui nage
vers eux. Est-ce un homme? Les rameurs s'ar-
rêtent et regardent aussi, mais bientôt Perrin
s'écrie : C'est un chien! je crois vraiment que
c'est Bell! Elle se sera échappée et aura suivi
nos traces jusqu'ici.

Les marins, malgré les supplications de Léon,
ne voulurent pas attendre le chien, craignant de
manquer le bateau, et continuèrent leur route.
Le petit garçon était dans une angoisse indicible.
Bientôt cependant il vit que Bell gagnait de
vitesse et se rapprochait d'eux. Enfin, quand ils
s'arrêtèrent près du steamer pour y monter, la
chienne les rejoignit et posa ses larges pattes
sur le bord de la barque. Perrin la saisit par la
peau du cou et, d'une main vigoureuse, la souleva et la mit aux pieds de Léon. Montez ! montez ! criaient les matelots dans la langue du pays.

A peine l'enfant et l'animal eurent-ils le temps d'échanger une caresse, qu'on les poussa vers l'échelle par laquelle on grimpait à bord. Bell n'avait pas oublié qu'elle était le chien d'un marin ; elle ne fut nullement embarrassée et arriva la première. Léon et Perrin la suivirent. Les grandes roues du bateau à vapeur s'étaient déjà remises en mouvement avant qu'ils eussent le temps de se demander s'il n'eût pas mieux valu renvoyer la chienne à terre et la faire conduire par M. White à ses nouveaux maîtres. Maintenant il était trop tard ; le canot était reparti et Léon en était tout heureux. Il ne se lassait pas de caresser sa fidèle amie et de lui parler comme si elle eût pu le comprendre.

Cette fois le voyage fut très-heureux et, au bout de deux jours, Léon se trouva dans les bras de son père qui vint le chercher sur le bateau même.

— Voilà deux de mes sauveurs, dit-il en montrant Perrin et Bell ; mais, hélas ! le troisième n'est pas là et cela gâte bien la joie de mon retour.

— Comme ta mère va être heureuse ! dit M. Arneau. Nous allons partir tout de suite pour la plantation ; elle voulait venir aussi, mais elle était encore trop souffrante. Je crois qu'elle serait morte si cette anxiété avait duré plus longtemps.

— Est-ce que vous avez su le naufrage de notre bateau aussitôt après le désastre? demanda Léon.

— Non, nous ne l'avons appris que longtemps après. Une vingtaine de personnes se sont sauvées dans des canots et ont été recueillies. Toutes les autres ont péri et nous te croyions bien du nombre, mon pauvre enfant.

— Dieu a veillé sur moi, cependant je ne le méritais guère, dit le jeune garçon avec conviction. Il voulait probablement me donner le temps de devenir meilleur.

Ces paroles firent presque autant de plaisir à ce bon père que l'arrivée de son fils. Il vit qu'il pourrait se dispenser de lui faire courir de nouveau les dangers d'un grand voyage, et que cette dure épreuve avait suffi pour le faire entrer dans la bonne voie. Il lui donna un bon précepteur et le garda près de lui, ce qui combla de joie la tendre mère.

Léon n'oublia jamais la promesse qu'il avait faite à Florian. Il s'efforça de devenir un vrai chrétien, de faire beaucoup de bien autour de lui et surtout d'adoucir le sort des nègres. Il

fut aidé dans cette tâche par Perrin que M. Arneau avait pris à son service comme régisseur.

Bell vécut très-longtemps, aussi soignée et
choyée que si elle avait été une personne. M. Arneau avait envoyé deux beaux chiens de chasse
aux sauvages pour la remplacer et leur avait
aussi fait parvenir, par l'intermédiaire de
M. White, plusieurs autres présents, tels que
des étoffes, des armes, des ustensiles de ménage, et même des jouets pour May et pour
son petit frère.

Imprimerie D. BARDIN, à Saint-Germain.